作者 落合惠子

　　1945 年生于日本栃木县宇都宫市。做过播音员，后涉足文坛，并在东京的北青山和大阪的江坂开办了销售儿童图书、女性主题图书和有机食品的商店——"蜡笔屋"，还经营有机食品餐厅和销售无环境激素玩具的玩具店。作品有《给妈妈唱的摇篮曲——我的看护日记》《我问你，你讨厌衰老吗？》《给站在悬崖边的你》《成年人的人生规划》《抱抱熊先生》等。

绘者 渡边贤一

　　1976 年生于日本东京。1998 年获得日本图库竞赛特别奖。1999 年在"西瓜糖"画廊举办名为"亲吻和啤酒"的个人画展。2000 年获得日本图库竞赛藤枝龙次奖。曾为杂志《吃吃，睡睡》《日经亲子生活》《达芬奇》绘制插图，参与图书《超熟食面包》的推广策划。还从事绘本创作，作品有《物种丰富的地球》等。

编委会负责人

野上晓

　　生于 1943 年。评论家、作家。曾担任白百合女子大学儿童文化专业讲师、东京成德大学儿童研究专业讲师。日本儿童文学学会会员、国际文艺家协会日本分会会员。代表作有《和孩子一起玩耍》《日本现代儿童文学》《当代儿童现状》《儿童学的起源》等。

田中正彦

　　生于 1953 年。儿童文学作家。创办了网站"儿童文学书评"。作品《搬家》获椋鸠十儿童文学奖，《对不起》获产经儿童出版文化奖并被拍成电影。其他作品有《年历》《针对成年人的儿童文学讲座》等。

寻找真正的 爱

（日）落合惠子 著

（日）渡边贤一 绘

林 静 译

北京科学技术出版社

100 层 童 书 馆

爱是什么？

爱大概是你我内心深处的某个东西。

你可能觉得它看不见，也摸不着。
其实，也许你看到过，也摸到过。
它就像刚洗过的、七成新的毛巾，
轻轻的、软软的，
但有时又会让人感觉有点儿粗糙。

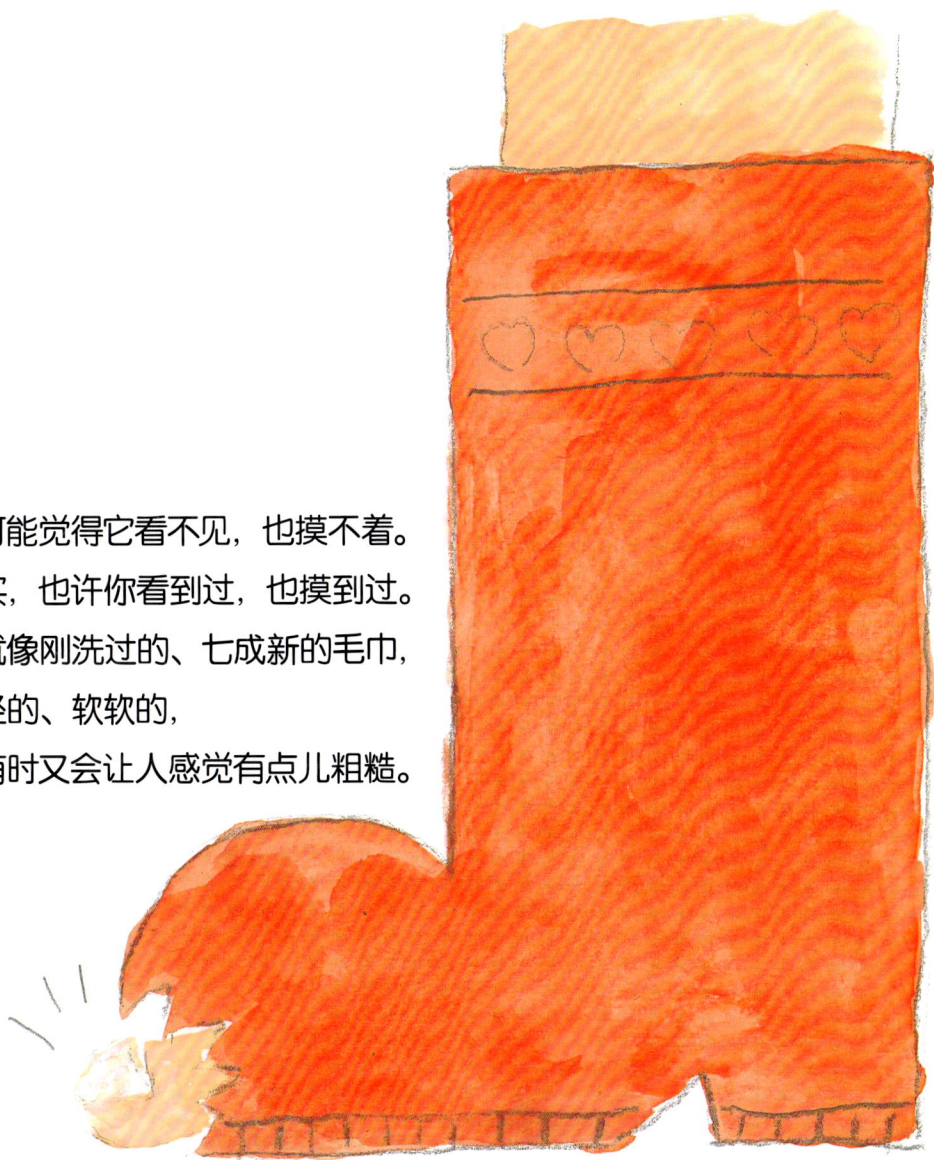

我想，你是爱你的小狗的。

当你失落的时候，它会迅速靠近你，抬头定定地看着你，

仿佛在对你说："我就在这里。"

我想，你是爱这样的小狗的。

小狗服从你指令的时候，

你一定很开心吧。

坐下！ 停！ 握手！ 趴下！

可是，这真的是爱吗?

你一边挠着小狗耳朵后面的毛一边想象着，
在某个地方的动物保护中心，
那些被主人抛弃的小狗的眼神。
对于它们，被主人抱着高高举起、和主人亲昵蹭脸的时光已经远去，
它们眼神中曾经有过的喜悦、希望、期待，全都消失了。
它们仿佛被全世界阻隔在外。
每天都有很多小狗、小猫一边思念主人的脚步声和气味，
一边等待人们领养。
它们比任何时候都渴望继续留在主人身边，
但还是被抛弃了。

你爱你的妈妈吗?

我想大概、应该是爱的,

虽然妈妈有时很啰唆。

你爱你的爸爸吗?

我想大概、应该是爱的,

虽然你也有讨厌他的时候。

偶尔，你也会有"你们消失吧"这样的想法。

你会对有这样的想法的自己说"不行!"。

不过，它确实存在于你心里的某个角落。

但可以肯定的是，在这个小小的角落里，你会讨厌这样的自己。

这是为什么呢? 你爱你爸爸妈妈，对吧?

肯定爱吧?

仅仅因为他们是你的爸爸妈妈吗? 仅仅因为这个?

你会突然扪心自问:"这样就足够了吗?"

"我爸爸不在了。"

夕阳西下的操场上，

一个在单杠上完成旋转动作、落在原地的孩子微笑着对你说。

你不知道该怎么回答，

只好沉默着，望着铺满晚霞的天空。

你感觉好像有很多话想说，

但又说不出来。

你的妹妹在上幼儿园。

有时你觉得她很可爱，

有时你又觉得她很麻烦。

当她用黏糊糊的小手摸你的脸时，

你真的感觉很难受。

和她一起，你只能走得很慢，有时这真让人着急。

任何时候，任何地方，你如果都被妹妹跟着，

就会产生"别跟着我"的想法。

妹妹笑的时候还好，

哭起来没完没了的时候，你也想对她吐舌头。

爷爷奶奶生活在乡下，他们的房子后面有一座小山。

站在山顶的松树林里，向大海望去，

海面像一面蓝色的镜子一样闪闪发光。

"我回来了！"

每次推开爷爷奶奶家的大门时，你总会这样喊。

爷爷奶奶也一定会说："欢迎回家！"

丰盛的饭菜，自由的时光……

在你还小的时候，

奶奶教过你怎么分辨茄子、黄瓜和西红柿的花，

还告诉过你，西红柿果实的香味能够一直蔓延到叶子里。

爷爷教过你怎么钓鱼，

有时他会把钓到的鱼放回河里，

有时他会在院子里支一个小炭炉，烤鱼给你吃。

那时的烤鱼格外好吃。

临近你离开的日子，他们说："再来玩啊。"

说这句话时，两人的脸上都露出了落寞的神情。

你注意到了，却什么也没说，只是望向玉米地。

那是一个玉米须闪耀着金色光芒的午后。

之后，半年过去了。

奶奶生病了。

她不认得你了，

她叫你 "爸爸"。

听到这句话时，妈妈哭了。

奶奶穿着尿不湿，屁股鼓得圆圆的。

有时她会自己把尿不湿扯下来，

从里面掉下来的脏东西，会弄脏床和走廊。

奶奶把它们捡起来的时候，她的手也被弄脏了。

你觉得很脏、很臭，很讨厌这里，

恨不得从奶奶身边逃走。

你很讨厌这样的自己，

但是对这样的奶奶，你又确实无能为力。

在一个台风逼近的傍晚，

你上了一辆公共汽车，车上人挤人。

你的鞋不知道被谁的雨伞上滴落的雨水弄湿了。

你有点儿烦躁，不仅因为鞋被弄湿了，

还因为学校里发生了一些让人有点儿生气的事情，

不，其实是让人很生气的事情。

你感受到了自己的怒气。

乘客的聊天声、笑声，都令你心烦意乱。

一个拄着白色拐杖的人上了公共汽车。

为了上车，他花了很长时间。

他在过道那里差点儿摔倒了。

你想帮忙，但有人比你更快。

这样的事情也让你烦躁。

拄白色拐杖的人下车的时候也花了很长时间。

目送他撑着倾斜的雨伞远去，你突然想：

"这种时候就不要出来坐公共汽车了。

这种刮台风的日子，就不该出门。"

你对这样想的自己又感到很生气。

爱的反面是什么呢?
你尝试着逆向思考。
是战争吗?
是憎恨吗?
是歧视吗?
你觉得哪个都有可能。
曾经有名人说过,
爱的反面是漠然。
也许是的。

不能和对方坦诚相待,
不愿倾听对方的话,
把对方当作透明人,
还有……
你思考得太累了,睡着了。
在梦中,不知是谁在哭泣。

你开始躲着那个孩子，

就是那个

在单杠上完成旋转动作后，

说"我爸爸不在了"的孩子。

只是因为这样的理由，

大家都躲着他。

其实，你很喜欢那个孩子。

他懂得许多音乐知识，

读过很多书，也知道各种树的名字。

尽管如此，你还是感受到了不和大家保持一致带给你的不安，

所以你也开始躲着那个孩子。

你们曾经总是一起回家的那条路上，

现在只剩下他一个人了。

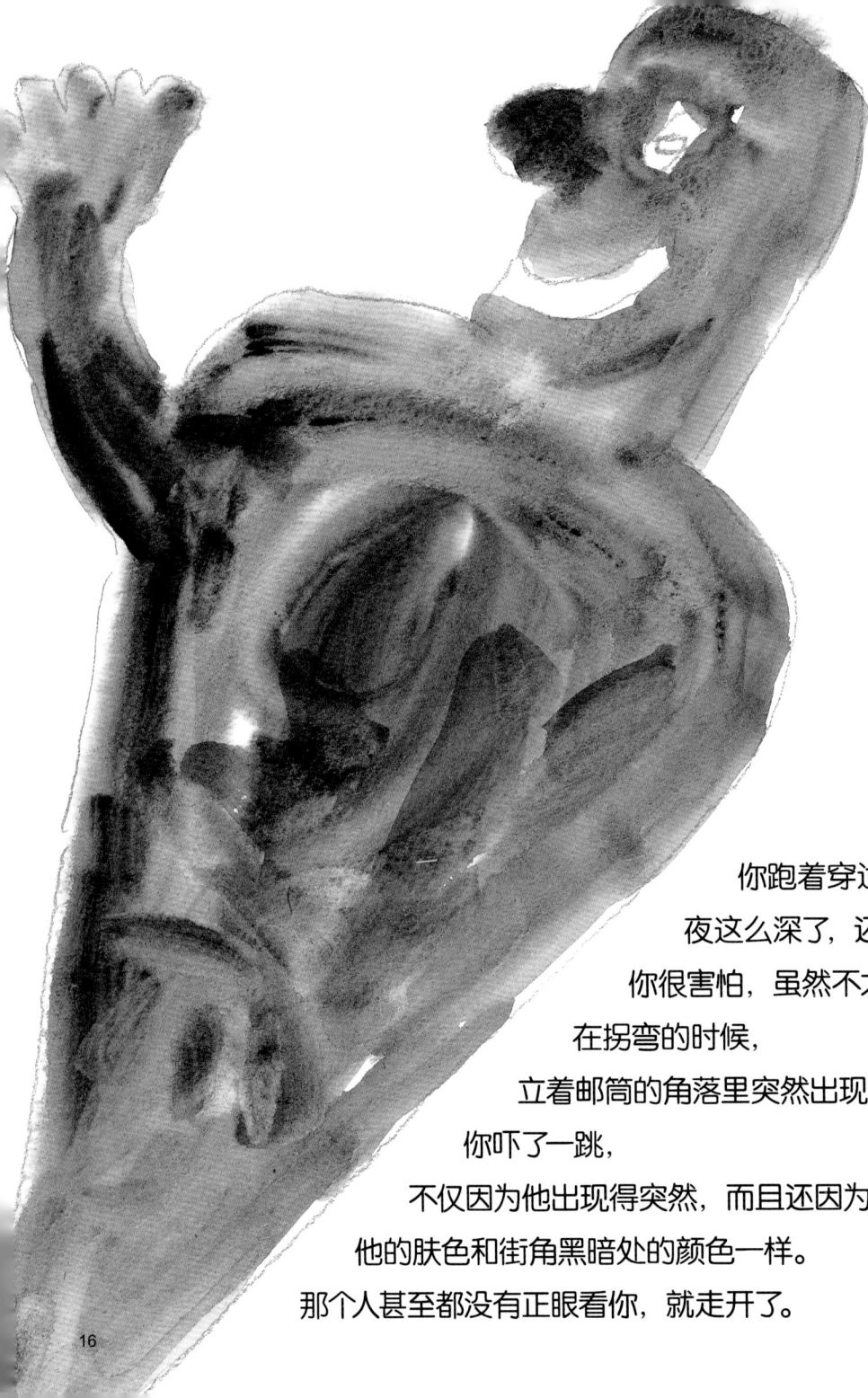

你跑着穿过商业街。

夜这么深了，还跑出来，

你很害怕，虽然不太愿意承认。

在拐弯的时候，

立着邮筒的角落里突然出现了一个人。

你吓了一跳，

不仅因为他出现得突然，而且还因为他特别高大，

他的肤色和街角黑暗处的颜色一样。

那个人甚至都没有正眼看你，就走开了。

你很崇拜美国前总统巴拉克·奥巴马。

你读过他的演讲集，

虽然有很多不明白的地方，但还是很崇拜他。

好想见到他啊。

奥巴马和刚才那个人都是黑色皮肤，

但是，你为什么会害怕刚才那个人呢？

他只是偶然路过而已。

男人穿男人的衣服，

打扮成男人的样子。

女人穿女人的衣服，

打扮成女人的样子。

这些都是让人觉得理所当然的事情。

但如果在大街上或综艺节目里，

男人穿上女人的衣服，

打扮成女人的样子，

就会让人觉得很奇怪。

你很不理解这样的想法，

明明一个人爱怎样的自己

只是他自己的事情。

18

但你又想，这是不是只是数量的问题？

只是哪边人多、哪边人少的问题？

因为人数少就让人觉得奇怪吗？

你认为这样的想法很难理解。

"我爱自己吗？" 你问自己。

有时候爱，有时候讨厌。

不过，大多数时候你不会考虑这个问题。

怎样做才能更爱自己呢?

你问自己。

不要骗自己，在对自己撒谎的时候，你自己是知道的，
因为那是你自己啊。

珍惜自己，和只考虑自己是不同的，这一点你也清楚。

但是，最初只是想珍惜自己，最终却变成只考虑自己，
你总觉得这不是你想要的。

爱在哪里呢？
好像在这里，
在内心深处的某个地方。

爱以怎样的方式存在呢?

是站着的? 坐着的? 趴着的?

还是抱着膝盖的?

是活泼的? 还是安静的?

爱好像既看不到 又摸不着。

爱又好像既看得到 又摸得着。

你的爱现在是
什么颜色的?

你的爱现在是柔软的还是坚硬的？

27

我只能确定我还不明白。

爱是酸性的? 还是碱性的?

用石蕊试纸也测试不出来。

爱不像计算题，答案只有一个。

爱也不像文字，只要写下来读出来就可以了。

爱也没法背下来。

爱是什么? 人们找不到答案。

但每个人也许都要和爱这个东西相伴一生。

好麻烦啊!

可它又是那么让人无法忽视。

但是，有一点可以肯定——你做自己就好了。

你因为是你，所以很棒。

请珍惜你自己。

大概爱这个东西，

就是从你这样做的那一刻开始，才能慢慢被找到的吧。

爱是什么？

你即使读了这本绘本，也不能确定自己找到了这个问题的答案。

这本绘本旨在帮助你思考，所以就算不给出答案，也是可以的。

对创作了这本绘本的我来说也是这样的。虽然我比你们年长很多，应该有很多经验，但我也不能明确地回答爱是什么样的东西。我甚至认为，想要用语言来表达清楚爱是什么，本来就是不可行的。

爱看不见，摸不着，好像很难找到。但是，如果打开心扉，你就会感受到它的存在。

爱是什么？即使找不到这个问题的答案，人们也会继续漫长的人生旅途。你是这样，我也是这样。

3 年前，我送走了妈妈。她选择了和大多数人不同的道路，因此背负着很多看不见的行囊度过了一生。

在妈妈的生命快要结束之时，我坐在她的床边，抱着她，在她耳边轻声说："妈妈，如果可以，下辈子也做我的妈妈好吗？"

妈妈因为患有阿尔茨海默病，平时很少说话，但听到那句话后，她先是微微地牵动嘴角，然后整个面容都舒展开来，向我露出了温柔的微笑。

在那个瞬间，妈妈不正是回答了"爱是什么"吗？我得到了答案。这也是关于她的人生的答案。

爱是什么？你的人生，只有你自己才知道这个问题的答案。而且，我想，这个答案大概就藏在表达爱的行为中吧。

努力去爱别人吧！为了你的人生，还有爱你的人的人生。

Kangaeru Ehon 9. Ai

Text copyright©2010 by Keiko Ochiai

Illustrations copyright©2010 by Kenichi Watanabe

First published in Japan in 2010 by Otsuki Shoten Co., Ltd., Tokyo

Simplified Chinese translation rights arranged with Otsuki Shoten Co., Ltd. through Japan Foreign-Rights Centre/Bardon-Chinese Creative Agency Limited

Simplified Chinese translation copyright © 2024 by Beijing Science and Technology Publishing Co., Ltd.

著作权合同登记号　图字：01-2021-4782

图书在版编目（CIP）数据

寻找真正的爱 / (日) 落合惠子著；(日) 渡边贤一绘；林静译. — 北京：北京科学技术出版社，2024.3
ISBN 978-7-5714-3261-4

Ⅰ. ①寻… Ⅱ. ①落… ②渡… ③林… Ⅲ. ①儿童故事 – 图画故事 – 日本 – 现代 Ⅳ. ①I313.85

中国国家版本馆CIP数据核字（2023）第190911号

策划编辑：荀　颖	电　话：0086-10-66135495（总编室）
责任编辑：张　芳	0086-10-66113227（发行部）
封面设计：沈学成	网　址：www.bkydw.cn
图文制作：百色书香	印　刷：北京博海升彩色印刷有限公司
责任印制：李　茗	开　本：787 mm×1092 mm　1/20
出 版 人：曾庆宇	字　数：25千字
出版发行：北京科学技术出版社	印　张：2
社　址：北京西直门南大街16号	版　次：2024年3月第1版
邮政编码：100035	印　次：2024年3月第1次印刷
ISBN 978-7-5714-3261-4	

定　价：45.00元